Tadpole Books are published by Jump!, 5357 Penn Avenue South, Minneapolis, MN 55419, www.jumplibrary.com

Editor: Jenna Trnka **Designer:** Anna Peterson **Translator:** Annette Granat

Photo Credits: Rosa Jay/Shutterstock, cover, 1; Volodymyr Burdiak/Shutterstock, 2–3, 4–5, 16tl, 16bl; guyonbike/iStock, 6–7, 16bm; Jeff McGraw/Shutterstock, 8–9, 16tr; ArCaLu/Shutterstock, 10–11, 16br; Tony Campbell/Dreamstime, 12–13; Marek Novak/Shutterstock, 14–15, 16tm.

Library of Congress Cataloging-in-Publication Data
Names: Nilsen, Genevieve, author.
Title: Los oseznos / por Genevieve Nilsen.
Other titles: Bear cubs. Spanish
Description: Minneapolis, MN : Jump!, Inc., (2018) | Series: Los bebés del bosque | Includes index.
Identifiers: LCCN 2018011207 (print) | LCCN 2018011872 (ebook) | ISBN 9781641280938 (ebook) | ISBN 9781641280921 (hardcover : alk. paper)
Subjects: LCSH: Bear cubs—Juvenile literature. | Forest animals—Infancy—Juvenile literature.
Classification: LCC QL737.C27 (ebook) | LCC QL737.C27 N5518 2018 (print) | DDC 599.78—dc23
LC record available at https://lccn.loc.gov/2018011207

LOS BEBÉS DEL BOSQUE

LOS OSEZNOS

por Genevieve Nilsen

TABLA DE CONTENIDO

LOS OSEZNOS

¿Qué son estos bebés?

¡Oseznos!

bosque

Viven en el bosque.

Se trepan.

Juegan.

mamá

Siguen a mamá.

Comen.

Duermen.

REPASO DE PALABRAS

bosque

duermen

juegan

oseznos

se trepan

siguen

ÍNDICE